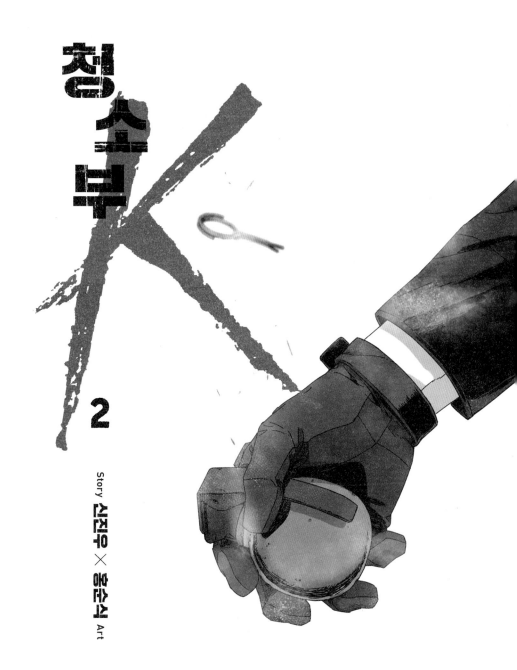

청수부

K

2

Story 신진우 ✕ 홍순식 Art

미안하지만
네 아버지와 한 약속은
지키지 못할 것
같구나.

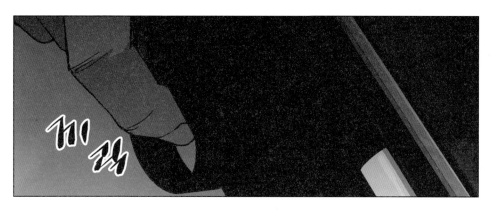

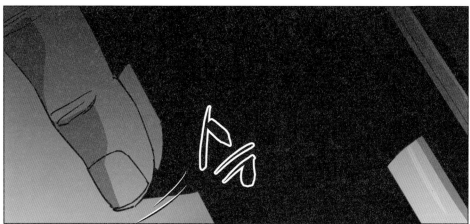

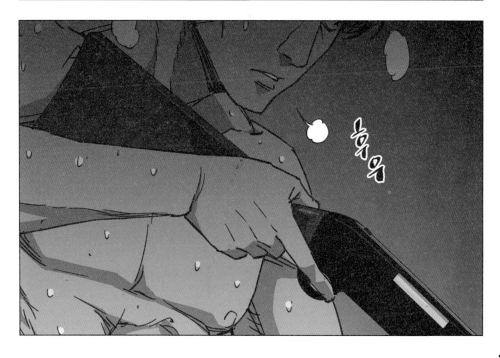

어머니
010-XXXX-XXXX

네, 어머니.
저예요.

기다리던 어머니가
아니라서 미안하군.

국정원 요원
김진 씨.

아,
김진 과장님이라고
불러야 되나?
크크.

누구냐?

목소리가 기억에 없는 걸 보니 대동그룹의 임학수 부장인가 보군.

오호~ 제법인데.

그런데 그렇게 머리가 잘 돌아가는 양반이 왜 어머니는 그냥 내버려 뒀는지 궁금하군. 응?

내가 어떤 놈인지 알고 있었다면 어머니를 안전한 데로 모신다든가, 조치를 취했어야지. 안 그래?

네, 네.
알겠습니다.

전화
주셔서
정말 감사
합니다…!

저기… 아저씨.
바꾸라는데요?

여보세요.

좋아.

눈치 깠겠지만
그 학생과 니 에미를
맞바꾸자.

교환 장소는
경기도 이천시 호법면
후안리 산34번지.

이리 오면 짓다 만
5층짜리 건물이 하나
보일 거다.

조영민을 데리고
오늘밤 10시까지
이곳으로 와.

무슨 말인지
알겠지?

평택총포사

대표전화 02-555-8912

수렵, 방범장비 전문점

염총 공기총 가스총

오셨습니까?

총은?

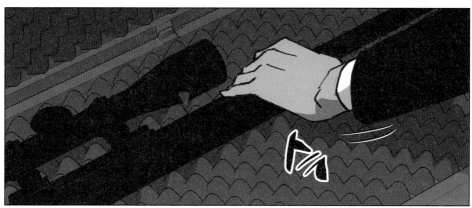

조준경은
독일제 9~40배율
망원스코프올시다. 탄창은
5발들이 내장 탄창이고요.

말씀대로
양각대는 부착하지
않았습니다.

좋아.
마음에 드는군.

만드느라
고생이 많았어.

이건
자네 명의로 된
통장일세.

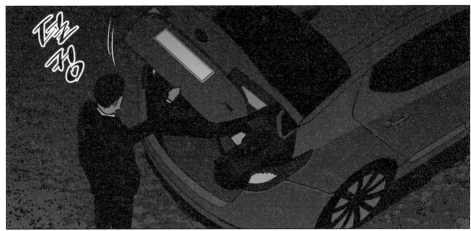
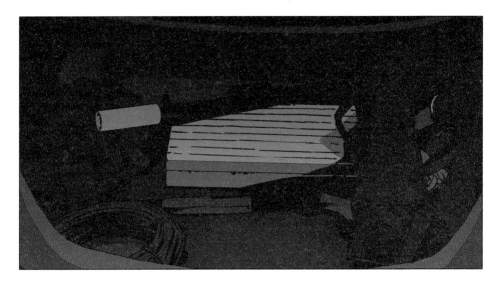

내 말 잘 들어.

이제부터
난 어머니를 구하러
저 건물 안으로
들어갈 거다.

짧으면 한 시간,
길면 두세 시간 후에
다시 올 거야.

만약 내가
안 오면 저쪽 패거리들이
널 구하러 오겠지.
그렇게 되면… 난 이미
죽었을 거다.

그리고
네 등과 의자 사이에
껴 있는 건 안전 클립과
핀이 제거된
수류탄이다.

네놈이
의자에서 등을 떼는 순간
안전 손잡이가 분리되면서
폭발할 거야.

크헉!

야, 2층.
뭔 소리야?

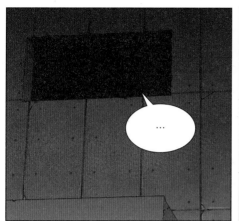

…

야. 내 말
안 들려!?

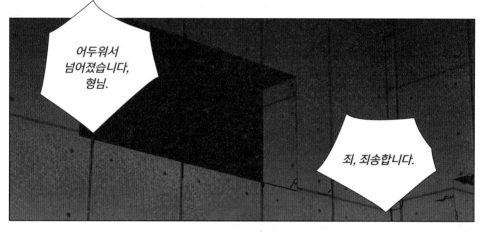

어두워서
넘어졌습니다,
형님.

죄, 죄송합니다.

아, 병신.
진짜 육갑 떨고
자빠졌네. 눈은
악세사리로
달고 다니냐?

크크크.

좋아.
대답 잘했다.

너를 죽이고
싶은 생각은 별로
없어.

그리고 좀 이따가 시간 맞춰서 한 패거리 더 온다고 들었습니다. 신구로파던가… 걔네가 한 20명 될 겁니다.

많이도 오는군. 좋아. 많은 참고가 되었다.

지금부터 각 층의 인원수를 확인하러 갈 거다. 만약 네놈 말이 거짓일 경우,

다시 돌아와서 너의 목을 잘라버릴 거야. 무슨 말인지 알겠지?

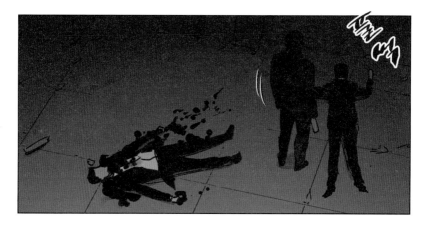

경비가 넷.

나머지는
안쪽에 있는
모양이군.

주, 주성아…!

이 새끼가…!

몇 층이냐!

3층입니다, 3층! 빨리 오십쇼!!

다들 3층으로 튀어 올라가!

타다 타닥

넵!

연장들
챙겨라!

후후.
미친개한테는
납탄이 약이지.

아악!!

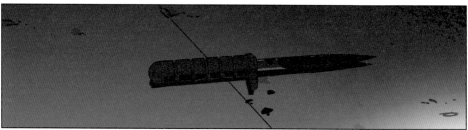

피하지만 말고
화끈하게 한번
붙어보자고.
어때?

이, 이런.

제기랄…!!

뭐, 뭐야…
놈도 총이
있는겨?

샤, 샷건입니다.
형님.

뭐, 뭐지…?

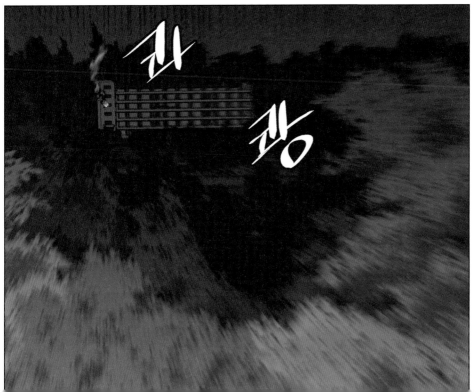

저기… 시방
작은형님 계신
건물 아니냐?

그런 것
같은데요.

혹시 짭새 아닐까요?

...

니 말 듣고 보니 느낌이 쪼까 깨름직 하긴 하네.

야, 가서 한번 확인혀봐라.

딩 딩

네, 형님.

저벅

저벅

씨발. 이건
뭐 전쟁터네,
전쟁터.

야, 3층 상황 어때?

형님, 여기 완전
쑥대밭입니다.

이거… 다 죽은 것 같은데요?

어떻게 할까요? 형님.

일단 그 새끼 생사 확인하라고 그래.

혹시 살아 있으면 명줄부터 따버리고. 알았지?

네, 형님.

야. 일단 국정원 그 새끼 살아 있는지부터 확인해봐라.

혹시라도 살아 있으면 쏴 죽여버려.

네.
알겠습니다,
형님.

뻐억

원, 원태야!
이 씨…!!

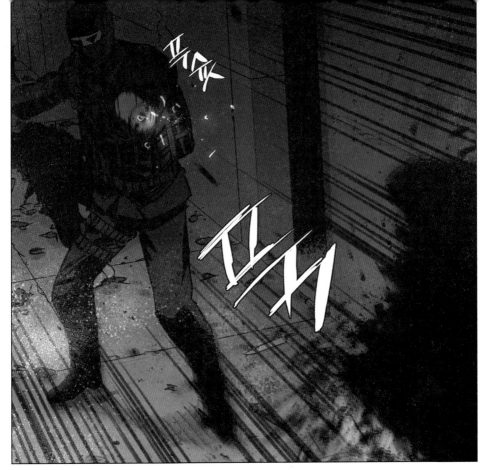

야. 우원태.
대답해… 이 새끼야.

지금 4층에 몇 명이나 남았지?

저희까지 총 여덟입니다. 둘은 계단 입구 감시하고 있고요.

구로파 애들은 언제 온대?

한 30분쯤 걸린다고 아까… 통화했습니다.

씨발, 지금 장난해!

이 새끼들이
군기가 빠져 갖고
아주 세월아
네월아 하고
자빠졌네!

당장
튀어오라고
전화해!

네, 형님.

야, 너흰 뭘
멍하니 보고
서 있냐?
나가서 복도라도
지켜!

네, 알겠습니다.

그리고 너희 둘은
이 할머니 꼭 붙잡고 있어.
우리 생명줄이니까 절대 놓치면
안 돼. 놓치면 다 죽는다.
알지?

넵.

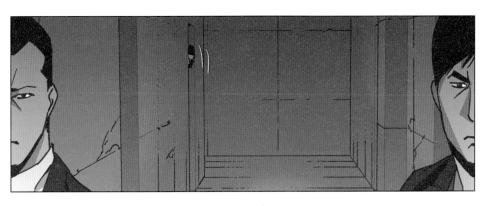

뭐야…?

으아아!!

컥!

…!!

야.
구로파 애들한테
빨리 오라고 그래.
빨리…!

어이!
김진!

경고하는데,
여기 당신 어머니가
우리와 함께 있어!

더 이상 우릴
핍박하면 가만히
있지 않겠다.

무슨 말인…!!

헉!

지, 진아…!

네. 어머니. 구출해드릴 테니 조금만 기다리세요. 금방 끝납니다.

그래. 조영민과 당신 어머닐 맞바꿔야지.

조영민이 데리고 와!

조영민?

그래. 조재영 검사 아들. 걔 지금 어디 있어?

이 병신 새끼가
왜 안 나오고
징징거려.

우우아!

썩 나오지
못해,
이 새끼야!

흐음, 질문에
대한 충분한 답변이
됐나 모르겠군.

서, 설마
저 차 안에…?

그래.
움직이면 수류탄이
터진다고 분명히 경고했는데
결국 움직이고 말았군.

역시 애들은
참을성이 약해서 탈이야.
안 그런가?

개자식…!
아예 작정하고 오셨구만.
맞교환할 생각은
애초부터 없었어.

그건
너희도 마찬가지
아닌가.

교환 조건을
변경하지.

네놈 목숨과
어머닐 맞바꾸자.
이번 한 번은 특별히
살려주마.

개소리
그만하고
어미랑
함께 죽어!

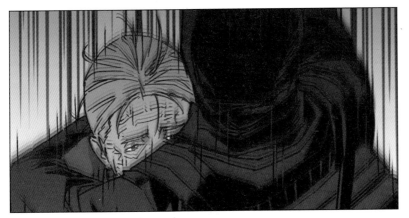

내 아들만은···!

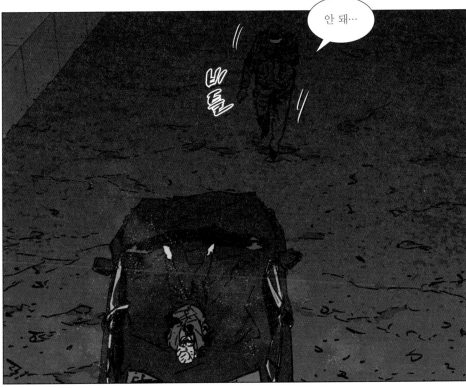

어머니…

조금만
기다리세요.
119 부를게요.

아냐…

청소부 K

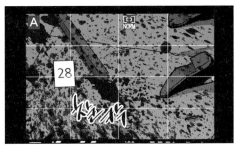

저기, 팀장님.

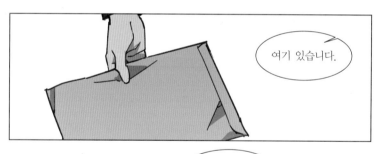

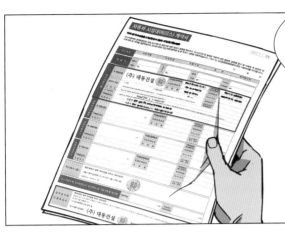

건물 앞에 주차된
차량 모두 대동건설이라는
회사에서 장기 리스한
차들입니다.

이 건물도
미지급된 공사 대금을
이유로 현재 대동건설에서
유치권 행사 중인
상태고요.

피살자들은
이 대동건설의
직원으로 보입니다만,
아무래도 조폭 같다는
생각이…

맞아.
조직폭력배들이지.

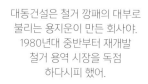

대동건설은 철거 깡패의 대부로
불리는 용지운이 만든 회사야.
1980년대 중반부터 재개발
철거 용역 시장을 독점
하다시피 했어.

1988. O. OO

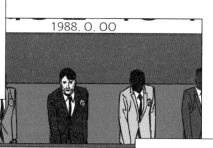

대표인 용지운은 1980년대
국내 최대 범죄 조직인
'대동파'의 행동대장이었는데,

조폭치고는 사업 수완이 좋아서
철거 단일 업종에서 시행·시공사로,
나아가 사채 및 연예 매니지먼트, 의료,
IT 분야까지 사업 영역을 넓히면서
지금은 열 개 이상의 계열사를 거느린
중견 그룹의 회장님이 되었지.

탈세, 횡령, 주가조작 등
각종 범법 행위가 끊이질 않았지만
그때마다 교묘히 빠져나간 걸로 봐서
아주 든든한 백이 있는 것 같아.
일설이 길었는데 한 마디로
개자식이지.

그리고
이놈은 용지운의 오른팔
임학수. 대동그룹에서 궂은일
도맡아 하는 해결사야.

어디서 많이
본 얼굴이다 싶었는데,
대동건설 이야길 들으니
누군지 기억나는군.

142

그런데 왜
여기서 다 죽었을까요?
혹시 라이벌 조직과
세력 다툼이 벌어진 게
아닌지…

그건 아냐.

일반적인
유혈 항쟁과는 달라.
올라오면서
시체들 봤지?

네.

건물 내 발견된
시신은 총 30여 구.
대부분 사살당하거나
칼에 목줄이 따인 채 발견됐어.
폭탄을 터트린 흔적도
있고 말이야.

지금까지의 상황을
놓고 보면 마치 특수부대의
대테러 작전에 당한 것처럼 보여...
혹은 전문 킬러의 소행이 아닌가
싶기도 하고 말이야.

아무튼 자세한 건
조사를 해봐야 알겠지만,
이 정도의 인원이 학살당한 걸
보면 전문가에게 당했다는
것만큼은 확실해.

우리도 정신
바짝 차려야겠어.
한 번으로 끝나지 않을 거
같은 예감이 드는걸.

후우.
이거 어디서부터
조사를 해야 할지 감이
안 잡히는데요.

자네는 저 밑의
할머니 신원부터
알아봐.

박 팀장님!

한 400미터 떨어진 국도변에서 불탄 자동차 한 대가 발견되었는데요, 아무래도 이번 사건과 연관이 있는 것 같습니다!

폭발물 흔적도 있다는데, 빨리 현장에 가보셔야 할 것 같은데요!?

젠장. 당분간 집에 가긴 글렀구먼.

그 순간 차가
폭발했다고…?

안치실

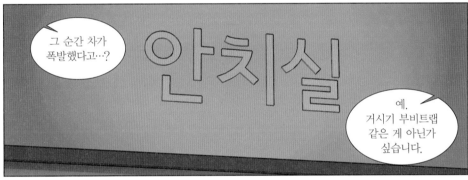

예,
거시기 부비트랩
같은 게 아닌가
싶습니다.

같이 있던
동상 두 놈은 그 자리서
즉사했고요.

쟈는 차에
실을 때까지만 해도
숨이 붙어 있었는데,
오다가 결국…

147

면목 없습니다,
회장님.

영, 영민아…

정말
미안하다…

아빠가…
널 죽인 그놈, 반드시
잡아서… 복수할게.
약속하마…!

벌써 일어났네.

?

대체
어떻게 된
일이야?

새벽에 피칠하고 나타나서 얼마나 놀랐는지 알아?

미안해. 사정이 급하다 보니…

미안하면 다시 누워. 갈비뼈 골절에 온몸이 타박상 천지야.

이거 나으려면 얼마나 걸릴까?

최소 한 달.

갈비뼈 골절엔
특별한 치료법이 없어.
무리하지 않고 푹 쉬는 게
정답이야.

나도
그러고 싶지만
그럴 형편이 아니라서…
이만 가봐야 할 것
같아.

미안하지만
압박붕대와 진통제 좀
준비해줘. 아 참, 오늘자
신문도 부탁할게.

신문 찾는 걸
보니 뭔 일이 있긴
있나 보네.

아직도
내곡동에 있는
거야?

응.

오래 버티네.
아니다. 끝까지 살아남아서
정년퇴직하길 바라.

그쪽
업계에선 사지 멀쩡하게
정년퇴직하는 사람이
진짜 영웅이라면서?

흐음

지금 꼭 가야 돼?

…응.

그럼 신문이랑 진통제 챙길 동안만이라도 누워 있어. 금방 갔다 올게.

수정아.

155

매번 고맙다.

고마우면
다치지 좀 마.

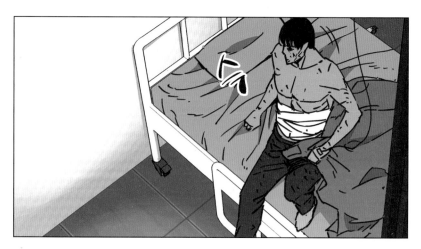

다… 죽…여.

복…수…

꼭…

어머니…!

임, 임 부장도
죽었다고요!?

...

아니, 서른 명이
단 한 놈에게 당하다니…
이게 말이 됩니까?

녀석이 무슨
람보도 아니고…
거참.

믿기
힘들겠지만
사실일세.

건물 안에
있다가 운 좋게 살아남은
직원이 하나 있어.
그 친구 말이…

전기가 나간 뒤
어둠 속에서 놈이 유령처럼
나타났는데, 경찰특공대에서나
쓸 법한 장비와 총기로
완전무장을 하고
있었다더군.

이후 놈에게
맞고 기절했다가 나중에
정신을 차려보니…

자신을 제외한
전원이 살해당한 채
건물 곳곳에 나뒹굴고
있었다는 거야.

하나같이 총이나
칼, 폭발로 인해 갈기갈기
찢긴 모습으로 말이지.

그리고 임 부장의 시체는 4층에서 발견됐는데, 이마에 총을 맞고 죽어 있었다고…

병신, 서른 명이나 데리고 갔는데 한 놈에게 다 죽다니…!

그 김진이라는 놈의 시체는…?

못 봤다는군.

저기… 지금이라도
딸 일 사과하고, 돈으로
해결할 순 없을까요?

한 몇 억
쥐여주면…

이 장관.

지금 장난하나?
우리 회사 애들이
30명이나 죽었어.

조 검사
아들도 비명횡사
당하지 않았나.

이건 이미
엎질러진 물이야.
이젠 그놈이 죽든가
우리가 죽든가
둘 중 하나라고.

이보게,
조 검사.

네, 회장님.

이번 사건,
잘못하면 우리한테까지
불똥이 튈지도
모르는데…

어떻게,
자네 선에서 덮을 수
있겠는가?

아마 힘들지 않을까 싶습니다만. 사람이 너무 많이 죽어서…

흐음. 그럼 어쩐다…?

차라리 김세훈 국정원장님께 부탁드리는 게 어떻습니까?

범인 김진이 국정원 요원인 만큼 이번 사건을 국가정보원에서 맡게 하는 겁니다.

국정원은 국정원법 상 직원의 직무와 관련된 범죄 수사권을 갖고 있으니 충분히 가능한 사안이죠.

피살자들의 사망 추정 시각은 모두 어젯밤 9시 전후.

국과수 말로는 시체 발견이 빨랐기 때문에 직장 온도의 변화에 따라 정확한 산출이 가능했다고 하더군요.

광역수사대

강력범죄수사 2팀

사인은 대부분 자상이나 총상, 그리고 폭사입니다.

그 차 지붕 위에서 발견된 할머니만 사인이 다른데요, 이분의 경우 추락에 의한 다발성 장기 손상으로 추정됩니다.

시신의 등 부위에 난 총상은 발사흔 분석 결과,

또 다른 피살자 임학수가 근거리에서 권총을 발사한 것으로 밝혀졌습니다.

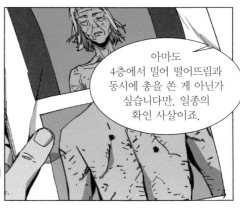

아마도 4층에서 밀어 떨어뜨림과 동시에 총을 쏜 게 아닌가 싶습니다만. 일종의 확인 사살이죠.

그리고 부검 감정서에도 나와 있지만, 할머니의 질 내부에서 다량의 정액이 검출됐습니다.

자세한 건 유전자 분석을 해봐야 알겠지만, 아무래도 죽은 대동건설 애들이 집단 성폭행을 한 것으로 보입니다.

할머니를 성폭행해…? 참 나, 짐승들이 따로 없구만.

이건 당시 모습을 캡쳐한 사진입니다.

흐음. 대동건설 애들이 이 할머니를 납치·살해한 동기가 뭘까?

그 이유가 이번 사건을 풀 열쇠 같은데…

혹시 할머니 범죄 경력 조회는 해봤나?

해봤는데 아주 깨끗합니다. 교통 범칙금조차 내본 적이 없는 아주 평범한 시민이던데요.

흐음, 그럼
이제 어쩐다…?

저기…

시신 인계
문제로 유족한테
연락을 취하려다 보니
의외의 수확이 좀
있었습니다.

이번 사건을
풀 열쇠가 될지는
모르겠지만… 상당히
흥미로워서요.

뭔데?

이 할머니 신원 조회를 해보니까 유족이 두 명 있었습니다.

아들 하나, 손녀 하나.

그런데 여중생인 손녀가 5일 전에 자살을 했더군요.

탐문을 해보니 지난주에 집단 성폭행을 당했다고…

집단 성폭행이면 사건이 접수됐을 텐데. 어느 서 관할이야?

강○경찰서인데,
수사 진행이
더딘 것 같습니다.

뭐, 피해자까지
죽었으니 이젠 사건
종결이나 다름없죠.

그럼
그 아들은?

제가
흥미롭다고 생각한 것이
바로 이 아들입니다.

이름은 김진.
무역 회사 과장인데
딸의 죽음 이후 행방이
묘연한 상태입니다.

최 형사,
이 친구 렌트카 빌린
사람이랑 비슷하게
생기지 않았어?

그러게.

왜 그래?

아, 그 건물 근처
국도변에서 불탄 렌트카
한 대 발견된 거
있잖습니까.

렌트카 회사에서
그 차를 빌려간 이의
주민등록증 복사한 걸
가져왔는데, 얼굴이
비슷해 보여서요.

팀장님,
이거 한번
보시지요.

박현빈이라는
가명을 쓰고, 안경을 쓰긴
했지만 김진 본인이
맞는 것 같은데요?

혹시 이 사람이
대학살극을 일으킨
주범이 아닐까요?

이거 생각보다 더 복잡한 사건이 될 것 같은데. 바짝 긴장해야겠어.

이 형사, 최 형사 조는 김진의 수배령을 누가 내렸는지 알아봐. 그리고 김진이 어떤 인물인지 그 뒤를 더 캐보도록.

만약 김진이 이번 학살극의 범인이라면, 회사원을 가장한 암흑가 킬러거나 첩보 기관의 인간일지도 몰라. 그러니 조사할 때 신중을 기하도록. 알았지?

네.

그리고 김 형사와 장 형사는 김진 딸의 집단 성폭행 사건에 대해서 자세히 조사해봐. 가해자들이 누구인지 그리고 어떤 배경을 가지고 있는지 위주로. 오케이?

네.

자, 모두 빨리 움직여!

그럼 조심해서
들어가.

바보…

조재영
부장검사입니다.

만나 뵙게
되어 영광입니다.
조 검사님.

코리아보디가드의
대표를 맡고 있는
양찬섭입니다.

일단 차부터
주문할까요?

네. 앉으시죠,
검사님.

즐거운 시간
되십시오.

또각

또각

전화상으로
검사님 일행을 노리는
위험인물이 있다고
들었습니다만, 상황이
어떤지 좀 더 정확히
설명해주시겠습니까?

그게… 검사 일을 하다 보면 예기치 못한 원한을 살 때가 간혹 있습니다.

이번에도 그런 경우 같습니다만, 상대가 총기를 능숙하게 사용하는 흉악범인지라 24시간 특급 경호를 의뢰하게 된 거죠.

총기를 능숙하게 사용하는 흉악범이요?

네. 자세한 건 수사 내용이라 밝힐 순 없지만, 놈은 총기와 폭탄류를 자유자재로 다루는 프로 킬러입니다.

이를 위해서
그들은 일반 사설
경호 업체와는 차원이 다른
고강도의 특수 훈련을
받죠.

결론적으로
말씀드리면 저쪽에서
특수부대나 장갑차를 동원한다면
모를까, 혼자 날뛰는 프로 킬러
정도는 저희 회사 병력으로도
충분히 제압이 가능하다고
봅니다.

다만
대통령 경호실에
준하는 장비나 인원수를
채우려면 돈이 좀
많이 들겠죠.

돈은
얼마가 들어도
상관없습니다.

중요한 건 놈을
확실히 막을 수
있느냐는 거죠.

조 검사님.

지금 이 상황에서
확실하게 말씀드릴 수 있는 건
국내에선 저희 회사가
최강이라는 사실입니다.

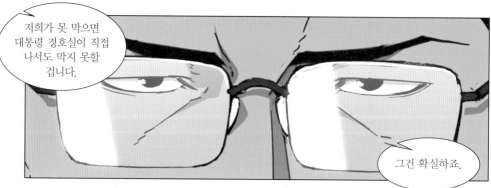

저희가 못 막으면
대통령 경호실이 직접
나서도 막지 못할
겁니다.

그건 확실하죠.

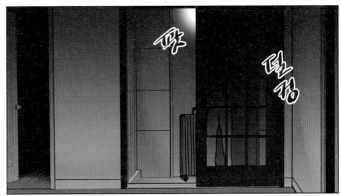

와아,
아빠!

장례를
치르지 못해
죄송합니다,
어머니.

외람된
말씀이지만 이젠
편히 잠드세요.

놈들은
유언대로 제가 모두
처리하겠습니다.

꾸벅

부디
안녕히 가십시오.
어머니… 그리고…
사랑합니다. 영원히
기억할게요.

송파구민 여러분! 저, 서인규가 송파를 부자 동네로 만들도록 힘쓰겠습니다!!

송파의 가치를 두 배로! 1 서인규

솔직히 두렵고 힘든 것이 사실이다.

서인규를 국회로!

우리 모두 부자 됩시다!

최악의 경우, 진실을 두려워하는 이들의 담합에 의해 한국에서 보기 드문 연쇄살인마라는 오명을 뒤집어쓸 수도 있고,

인과를 모르는
사람들은 날 괴물이라며
비난할지도 모른다.

하지만
성폭행 당한 어린 내 딸과
그 비슷한 상황에 처한
수많은 여성들을 위해서…

그리고 그런 인두겁을 쓴
범죄자들을 처벌하지 않고 오히려
옹호하는 이들이 있는 한,
난 절대로 침묵하지 않을 것이다.

목사님.
언제 골프 한번
치셔야지요.
하하.

그럼 모레
어떠십니까?
서장님.

목숨이 다하는
마지막 날까지
그런 범죄자들과
맞서 싸울 것이다.

만약…

후웅

대한민국 사회가
그런 인간쓰레기들을
끝까지 일소하지
않는다면,

내가 직접
그 쓰레기들을
청소할 것이다.

강력범죄수사 2팀

박정식, 서승재, 남석훈, 용태호, 조영민.

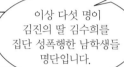

이상 다섯 명이 김진의 딸 김수희를 집단 성폭행한 남학생들 명단입니다.

모두 00고등학교에 재학 중인 학생들로 현재 불구속 수사 중인데요. 좀 이상하다 싶을 만치 수사 진행이 더딘 상태입니다.

벌써 2주 가까이 됐는데, 진술서만 받아놓고는 검찰로 사건 송치도 안 되어 있더라고요.

거참,
누군지 일 처리를
등신처럼 하는구만.
담당 형사가
누구야?

강O경찰서
강력팀의 허삼수
경사입니다.

아휴,
그 지저분한 새끼…
아직도 용케 이 바닥에
붙어 있네요.

아는 분이세요?

한 마디로 진상이지. 씹자면 끝이 없으니까 본론으로 넘어가자고. 그 외에 다른 건 없어?

물론 있죠. 흥미로운 점이 한두 개가 아닙니다.

우선 가해 학생들 최근 행적을 알아봤는데요.

이 조영민이라는 친구 말입니다.

며칠 전 야간 자율 학습 끝나고 귀가하던 중에 교통사고를 빙자한 납치를 당한 것 같습니다.

교통사고를
빙자한 납치…?

네. 함께 귀가하던
신경식이라는 친구의
증언인데요.

주차해 있던 차가
마치 조영민이 지나가길
기다렸다는 듯이
부딪친 것 같은 느낌을
받았답니다.

02허 9757

그러고는 운전사가
병원에 가자면서 조영민을
차에 태우고 사라졌고요.
그런데 사고를 일으킨 차량 번호판이
'허' 자로 시작되는 렌트카라서
좀 이상하다는 생각이
들었답니다.

렌트카?
혹시… 불탄 채 발견된
그 렌트카 아냐?

그 렌트카가 학살 사건이
발생한 폐건물 인근 국도변에서
발견된 렌트카와 동일 차량인지는
확실치 않습니다.

그 신경식이라는
친구가 차종이나 차 번호는
기억을 못 하더라고요.

운전사의 인상착의도 뻘테 안경을 쓴 40대 남자라는 사실 외엔 기억나는 게 없답니다. 납치 용의자가 김진임을 특정할 수 있는 물증이 하나도 없는 거죠.

그런데, 어제부로 조영민의 사망신고가 해당 주민센터에 접수된 걸 확인했습니다.

?

실종 신고가 아니라 사망 신고…?

네, 신고 접수자는 조영민의 모친인 박순임 씨. 이건 그 사망진단서 복사본입니다.

진단서를 보시면 아시겠지만, 조영민의 직접적인 사인은 2도 이상의 전신 화상입니다.

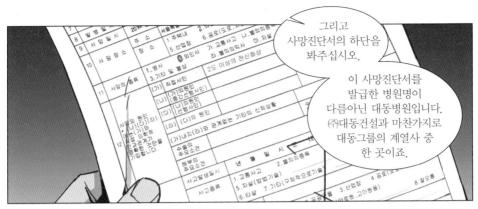

그리고 사망진단서의 하단을 봐주십시오.

이 사망진단서를 발급한 병원명이 다름아닌 대동병원입니다. ㈜대동건설과 마찬가지로 대동그룹의 계열사 중 한 곳이죠.

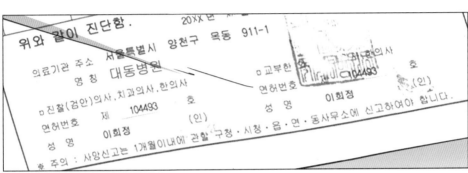

흐음. 그런데 대동그룹은 이 성폭행 사건과 대체 무슨 관련이 있는 거지?

아. 가해 학생 용태호의 할아버지가 바로 대동그룹 용지운 회장입니다.

이외에
다른 가해 학생의
부모들도 아주
빵빵하더군요.

가족관계증명서를
떼서 신원 조회를 해보니 다들
사회 지도층 인사라 할 수 있는
엘리트들뿐입니다.

먼저
박정식의 어머니는
이은경 현 교육부
장관입니다.

지금 교육부 장관이라고…?

네. 그리고 서승재의 아버지는 서인규 현 서울 시의원으로 이번 총선에 송파 을 여당 국회의원 후보로 출마한답니다.

다음 남석훈의 부친은 K대 이사장이자 유명한 OO교회의 남성기 목사.

용태호는 좀 전에 언급했다시피 할아버지가 용지운 대동그룹 회장이고요.

마지막으로 죽은 조영민의 아버지는 조재영. 현재 서울중앙지방검찰청 형사 제1부를 맡고 있는 부장검사입니다.

참 나,
잘나신 금수저들끼리
모이셨구만.

그런데
자식들은 왜
그 모양이야?

부전자전이겠죠.
이 금수저 중 한 명이 저지른
짓을 알면 팀장님도 아마
깜짝 놀라실 겁니다.

그게 무슨
말이야?

김진에 대한
구속영장 발부하고
긴급 수배령을 내린 이가
누군지 아십니까?

바로 조재영
부장검사입니다.

그거 확실해? 동명이인 아냐?

여기 조재영 검사 명의로 작성된 구속영장 사본입니다. 한번 보시죠.

흐음. 잠깐 상황을 재구성해보지.

발 신 : 서울지방검...

검 사 : 조 재 영

김 진

700521-1XX...

금수저 부모를 둔 이 다섯 놈이 김진의 딸 김수희를 집단 성폭행했어. 하지만 사건 수사는 장 형사가 언급한 것처럼 지지부진하기 짝이 없었지.

김수희

대체 이유가
뭘까?

조재영 검사를 비롯한
금수저 부모들이 권력을
이용해 자식들이 저지른
범죄를 덮으려고 한 거
아닐까요?

충분히 가능성 있는
이야기죠. 조 검사 측과
허삼수의 커넥션도
의심해볼 만합니다.

허삼수라…
충분히 그러고도
남을 인간이지.

이 형사.
수색영장 신청해서
허삼수의 은행 계좌 내역
한번 털어봐.
알았지?

네. 알겠습니다.

그럼 본론으로
다시 돌아가서…

수사가 지지부진한 와중에 안타깝게도 딸 수희가 자살을 선택했어.

딸을 가진 아버지 입장에선 가해자들에 대한 극도의 증오심과 원한을 품을 수밖에 없는 상황이 만들어진 거지.

우리가 만약 김진이라면 과연 어떻게 했을까?

이봐. 장 형사.

네?

자네가 김진의 입장이라면 어떻게 행동할 것 같아?

글쎄요.
언론플레이하면서
가해 학생들이 법의
준엄한 심판을 받도록
압박을 가하는 게…

조재영 검사가
방해를 한다면…
그땐 어떻게 할래?

자네도 알다시피
대한민국은 검찰이 기소 독점권을
갖고 있는 나라야. 아무리 언론에서
떠들어대고 여론이 빗발쳐도 검찰이
혐의 없다면서 불기소 처분을
때리면 그만이라고.
잘 알잖아?

와아,
그럼 이거 뭐 어떻게
해볼 방법이
없겠는데요.

법이 저 인간들
편이라…? 헐.

가엾은 피해자의 아버지는
과연 어떻게 행동해야 할까…?

이런 미친…!

괜찮으십니까?

당신
지금
뭐 하는
짓이야!!

너, 너는…?

그래,
오래간만이군.
검사 나리.

그,
그놈이다!
막아!!

제가 막는 동안
피하십시오!

비,
빌어먹을
놈의 자식!

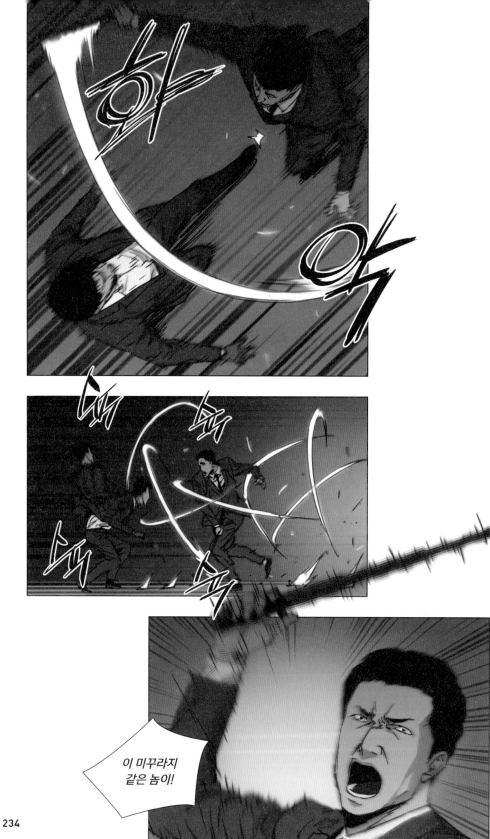

쿡!

으아악!!

아악!

총 버려!
이 자식아!!

안 돼!

으악!!

거기까지.

다시 엎드려.

…네.

뚝벅
뚝벅

알고 있겠지만
난 킬러야.

그리고
복수심에 불타는
아버지다.

또,
또라이 자식…
서울 한복판에서 총을
난사하다니…! 미친 거
아냐…?

이용할 수 있는
것은 뭐든 다 이용한다.
그게 뭐가 잘못됐지?

…

자, 여긴 답답하니 바람도 쐴 겸 밖으로 나가지.

네놈 아들이 어떻게 죽었는지 자세하게 설명해주고 싶군.

그리고 영민이가 고문을 당했던 장소도 보여주지. 아주 마음에 들 거야.

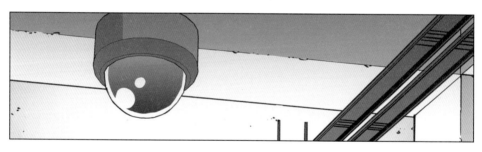

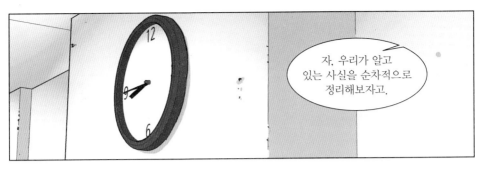

자, 우리가 알고 있는 사실을 순차적으로 정리해보자고.

첫 번째. 김진은 박현빈이라는 가명으로 신분을 위장하고 차를 빌렸지. 이건 팩트야.

주민등록증

박현빈(朴現彬)

700521-1XXXXXX

서울특별시 구로구 XX로 40 404호

2010. 7. 29
서울특별시 구로구청장

서울지방검찰청

(00231234-5832)

두 번째. 딸의 장례식 이후 행불된 김진에게 납치 및 협박 등의 혐의로 수배령이 떨어졌어. 수배령을 내린 인물은 조재영 검사고.

수 신 : 서울지방법원장   발 신 : 서울지방검찰청

제 목 : 구속영장청구   검 사 : 조 재 영

성 명	김 진
주민등록번호	700521-1XXXXXX
직 업	㈜금강무역 영업과장

그렇다면 김진은 과연 누굴 납치하고 협박했다는 걸까?

수배 why?
지명

조재영 검사의 아들 조영민이겠죠. 확증은 없지만 아귀가 딱 맞아 떨어지지 않습니까?

그래. 추론이긴 하지만 까마귀 날자 배 떨어지듯이 딱 맞아떨어진단 말이야.

결국 현직 부장검사가 아들이 저지른 범죄를 은폐하려다가 사단이 났다고 볼 수 있지.

혹 떼려다 더 큰 혹 붙인 격이랄까.

자, 그렇다면 세 번째로 김진의 어머니 이순자 씨가 대동건설 애들한테 납치를 당했어. 왜 납치를 당했을까?

지금 시나리오대로라면 인질 교환이 목적이었네요. 조영민과 김진의 어머니를 맞바꾸려는…

혹시 납치된 전후로 이순자의 명의로 된 핸드폰 통화 내역 뽑아봤나?

아, 아뇨. 그건 아직…

통신 조회 영장 신청해서 뽑아봐. 그리고 조재영 검사와 죽은 임학수 간의 통화 기록 내역도 조회해보도록. 조 검사가 납치된 아들과 교환하기 위해 임학수와 납치를 공모했을 가능성도 있으니까.

네. 알겠습니다.

그럼 마지막으로…

김진의 어머니도 피살당하고, 조영민도 사망했어. 살인인지 사고사인지는 불분명하지만 말이야.

이건 왜 이렇게 됐을까?

최 형사, 김진의 뒷조사는 어떻게 됐어?

네. 일단 김진이 과장으로 재직 중인 금강무역 소재지로 찾아가봤는데요.

어찌 된 영문인지 텅 빈 사무실에 임대 문의가 붙어 있더라고요.

어떻게 된 건지 경비실에 물어보니 그저께 폐업 전문 업체에서 나와서 사무실을 싹 정리했답니다.

직원이 사고를
치자 회사를 정리해…?
우연치곤 수상하구만.

네. 저도
수상쩍다 싶어서 세무서에
폐업 신고가 됐는지 확인해봤는데요.
극심한 경영난을 이유로
폐업 신고가 되어 있긴 한데,
한 가지 재미있는 사실이…

회사 대표 명의가
박현빈으로 되어
있었습니다.

박현빈?
김진이 차 렌트할 때
썼던 가명이잖아?

네. 맞습니다.

흐음…
유령 회사인가?

아무래도
그런 것 같아. 그리고
금강무역의 자금 흐름을
알아보려고 세금계산서 발행
내역을 조회해봤는데.

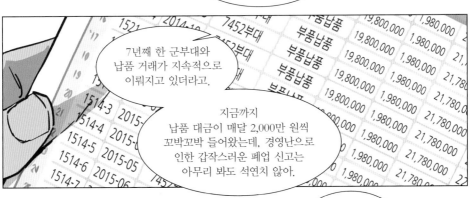

7년째 한 군부대와
납품 거래가 지속적으로
이뤄지고 있더라고.

지금까지
납품 대금이 매달 2,000만 원씩
꼬박꼬박 들어왔는데, 경영난으로
인한 갑작스러운 폐업 신고는
아무리 봐도 석연치 않아.

군부대…?
거기가 어딘데?

7452 부대
입니다.

어? 7452 부대면
국정원이 대외용 위장
명칭으로 사용하는
부대명이잖아요.

오호?
장 형사가
잘 아네.

여기 내역서에
적힌 사업자등록번호도
확인해보니 '세기문화사'라는
곳이더군요.

팀장님도
아시겠지만, '세기문화사'는
국정원의 전신인 안기부의
위장 명칭 중 하나입니다.

그렇다면
금강무역이 국정원이
운영하는 유령 회사라는
소리인데, 그럼 김진도 국정원
비밀 요원…?

이거
사건이 재미있게
흘러가는데요?

딸과 어머니를 잃은 국정원 비밀 요원이 사적인 복수를 집행한다라…

…

근데요.

아무리 국정원 비밀 요원이라 해도 혼자 조폭 30명을 학살하는 건 좀 힘들지 않을까요?

글쎄…
현장에서 뛰는
비밀 공작원이라면
가능할지도 몰라.

그런 친구들은
목숨을 걸고 첩보 활동을
벌여야 하니까 격투나 사격술에
능할 거야. 총기도 비교적 쉽게
구할 수 있을 테고.

나도 그렇게 생각해.
단언까지 하는 건 위험할지
모르지만 제법 확실한
추론이라고 해도
좋을 거야.

이거 가해자 부모 측과
김진을 동시에 조사하려면
인력이 모자라겠는데… 윗선에
말해서 조사할 인원수를
늘려달라고 해야겠어.

저기… 팀장님.

국정원과 검찰을
동시에 조사하는 거
말입니다.

왜 겁나?

아니, 겁난다기
보다는… 검찰의 제 식구
감싸기가 하루 이틀이
아니지 않습니까.

괜히 어설프게
건드렸다가 죽도 밥도
안 되고 우리 팀만 병신이
될까 봐 그런 거지요.

그래. 자네 말이
무슨 뜻인지는 알겠어.
하지만 잘못이 있으면
국정원, 검찰이 아니라
청와대라고 해도 조사를
해야지. 안 그래?

그게 바로
법치주의고, 우리가
월급을 받으면서
일하는 이유야.

박 팀장님, 큰일 났습니다!

방금 전에 조재영 검사가 자신의 아파트 지하 주차장에서 납치를 당했답니다!!

뭐!?

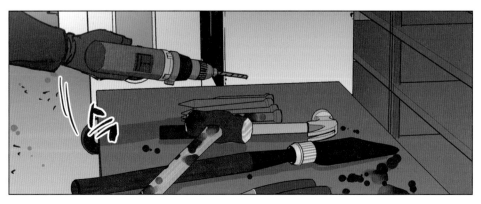

이, 이봐요.
김진 씨.

그런다고 일이 해결되진 않습니다.

다, 당신만 범죄자가 되는 거죠. 일단 진정하세요.

영민이도 거기 앉아서 똑같은 소릴 했지. 역시 그 아비에 그 아들이군.

이, 이러지 말고 날 법정에 세워 법의 심판을 받게 해주시오.

법의 심판…?

누구한테?
네놈처럼 부패한
판사에게? 후후.

이봐.

티익

난 지금 복수를 하고
있는 거다. 참혹하게 죽어간
내 딸 수희와 어머니를
위한 복수.

법의 심판?
그딴 건 필요 없어. 이제
내 앞을 가로막는 놈이 있으면
그게 검찰이든 경찰이든 닥치는
대로 부숴버릴 테니까.

그 과정에서
난 어떻게 돼도
좋아.

복수만 할 수
있다면… 악마에게
영혼도 기꺼이 바칠 거야.
웃으면서 말이지.

이, 이런
괴물 같은…

안,
안 돼…!

각오해라.
많이 고통스러울
거야.

출입금지 – POLICE LINE – 수사

수고
많으십니다.

?

어?
관할도 아닌데
여긴 어쩐
일이야?

지금 맡고 있는 사건 용의자와 관련이 있어서.

오랜만이네. 잘 지내지? 백 반장님은?

사건 뒤치다꺼리 하느라 정신없지 뭐.

백 반장님은 오늘 비번이셔.

그런데 납치당한 사람이 조재영 검사가 확실해?

응. 함께 있던 경호원들이 조 검사가 괴한에게 납치당했다고 신고를 했어.

경호원…? 그치들은 납치당할 동안 뭐 한 거야?

짤깍

과학수사 POLICE

그게, 상대가 권총을 가지고 있어서 어쩔 수가 없었다는군.

저 핏자국은 조 검사가 총에 맞은 흔적이고.

흐음, 확인할 게 있는데 경호원들 지금 어디 있지?

주민등록증

김 진(金 進)

700521-1XXXXXX

서울특별시 성동구 XX로 360 1203호

2005. 6. 19
서울특별시 성동구청장

맞습니다. 이 사람이 틀림없어요.

확실해요?

네. 뭐 하는 놈인지는 모르겠지만, 권총부터 시작해서 주도면밀하게 준비했더라고요.

이런 말 하긴
뭐하지만, 납치 과정이
굉장히 깔끔했어요. 마치
머릿속으로 수십 번
시뮬레이션을 한
것처럼 말이죠.

이쪽 동선
파악해서 차로 덮치는데…
정말 답이 없더라고요.
격투 실력도 뛰어났고요.

흐음…

아, 그런데
그놈이 조 검사님한테
이상한 소릴 하던데…

뭐라고요?

영민이던가…
누굴 고문했던 장소를
보여주겠다고
그러더라고요.

아주 마음에
들 거라면서…

협조 감사합니다.
그럼 치료 잘
받으시고요.

떨
떨

어, 장 형사.
다름이 아니라 김진 명의로
된 부동산이 아파트 말고
또 뭐가 있는지
알아봐주겠어?

네, 팀장님.
잠시만 기다려
보십시오.

팀장님. 김진 명의의
부동산은 현재 살고 있는
아파트밖에 없는데요.

그럼 김진 어머니
명의로 된 부동산은
없는지 찾아봐.

아. 이순자 씨요.
잠시만요.

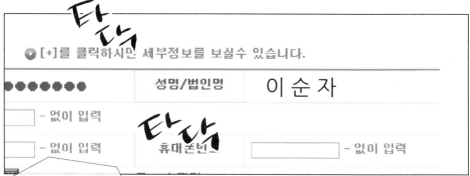

타닥

⊙ [+]를 클릭하시면 세부정보를 보실수 있습니다.

⬤⬤⬤⬤⬤⬤	성명/법인명	이 순 자
☐ - 없이 입력		
☐ - 없이 입력	휴대폰번	☐ - 없이 입력

타닥

이순자 씨 명의로 된
부동산은 하나도 없습니다,
팀장님.

어떻게 할까요?

박현빈 명의로
검색해보라고
하시죠.

아, 그래.
장 형사. 박현빈 명의로
한번 검색해봐.

네, 알겠습니다.

팀장님,
있습니다!

!

용인시 남쪽 외곽에
박현빈 명의로 된 창고가
하나 있네요.

제 부)		(1동 건물의 표시)	
접 수	소재지번, 건물명칭 및 번호		건 물 내 역
X X월 X일	용인시 처인구 이동면 묘봉로 349		시멘트벽돌조 슬래브

아, 주소는 용인시 처인구 이동면 묘봉로 349번지입니다.

수고했어! 우린 곧바로 그리 갈 테니까 자넨 경찰특공대 지원 요청하고 그쪽이랑 함께 움직여. 중간에 합류하자고.

알겠습니다.

여기서 그 창고까지 얼마나 걸릴까?

뭐, 차 안 막히면 한 시간 정도 걸릴 겁니다.

여기까지입니다.

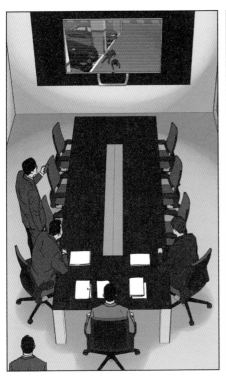

민 실장.

내 짐작에 당신은 김진이
어디 있는지 정확히 알고 있거나,
그가 조 검사의 아들을 납치 살해하는 등
복수를 실행에 옮길 거라는 사실을
어느 정도 알고 있었을 거요.

그런데도 당신은 아무 보고도 하지 않았지. 이건 명백히 당신 책임이야.

아무리 감찰실장님이라고 해도 짐작만으로 추궁하시면 곤란하죠. 이 바닥에도 혐의와 증거는 하늘과 땅 차이 아닙니까?

그리고 언제부터 직원의 사생활까지 일일이 감시하고 보고하라는 규율이 생겼는지 알고 싶습니다만.

이봐요!

지금 이 문제는 당신이 생각하는 것보다 훨씬 더 심각하단 말입니다. 어떤 변명을 하든지 이 김진이라는 놈은 악랄한 범죄자에 불과해!

그자가 저지른 짓을 조금 전에 당신도 보지 않았소! 이런 미치광이 살인마가 우리 회사 직원이라니!

대체 그런 사이코 패스를 어떤 용도로 쓰고 있는 거요?

사이코 패스라니 말씀이 심하시군요.

스윽

청소부 K···?

네.
김진 과장의
암호명이죠.

'K'라···
뭐, 킬러의 약자
입니까?

저도 그런 줄
알았는데, 그 친구한테
물어보니 외동딸 김수희가
태어난 걸 기념하는
이니셜이라고 하더군요.

즉, 수희를
위해선 청소부 역할도
불사하겠다는 의미죠.

그런데 그토록
애지중지하던 수희가
성폭행을 당하고 죽었으니···
그 친구 입장에선
열이 받을 만도 하겠죠.
안 그렇습니까?

···

아니,
그런데…

절차적 투명성을
강조하는 민주주의 사회에서
암살을 전문으로 하는
첩보원이 존재한다는 게
가당키나 합니까?

그 질문은
원장님께 직접 물어보시죠.
김진 과장이 저지른 살인 중에는
원장님이 직접 지시한 것도
있으니까요.

이 문제를 더 이상 묵과할 수 없소. 그 김진이라는 쓰레기는 포기하시오. 그리고 그자가 있는 곳을 말해.

설사 알고 있더라도 제겐 그럴 권리가 없습니다.

당신 지금
큰 실수하는 거야.
절대 이대로 끝내지 않아.
무슨 짓을 해서라도 그자를
붙잡아 이곳으로 압송하고
말겠어.

당신들 실력으론
그 친구 옷깃도 못 잡아.
장담하지.

뭐, 인마!!

킹

자, 그만.

이봐. 민동욱 실장.
자네에게 근무 태도 불량 및
부하 직원 관리 소홀 등의 책임을
물어 인사 규정 45조에 따라
이 시간부로 직위 해제
하겠네.

정식으로
징계위원회가 열릴 때까지
대기 발령토록.
알았나?

…

…알겠습니다.

그리고 김진에
대한 자료를 모두
가지고 오게.

그건 자료실에
있을 텐데요.

자료실에 있는 거 말고
자네가 개인적으로 갖고 있는
비밀 자료를 말하는 걸세.
10분 내로 가져와.

그런 자료들은,
모두 이 속에
있습니다만.

…

한 시간 주지.
빠짐없이 다 출력해서
내 책상 위에 갖다놔.

그러지요.
원,장,님.

그럼.

이봐, 저치가 담당하는 44과 말고 암살 파트를 맡고 있는 팀이 또 있지?

네. 있습니다. 원장님.

그 친구들 불러봐. 조용히.

예.

직위 해제까지 하다니… 원장 그 친구, 좀 심하구만.

중국 북경,
DRC 외교아파트

네. 아무래도 갈아치울 때가 된 것 같습니다. 김 과장 건을 제외하더라도 조직 내에서 평판이 상당히 안 좋은 편입니다.

쯧쯧, 최악의 낙하산 인사구만.

네. 한 마디로 권력 지향적일 뿐 무능하다는 평가가 대부분입니다.

흐음.
그럼 원장의 비리
증거는 많이 수집해
뒀나?

그럼요.

서류철에서
썩은 내가 아주
진동을 합니다.

성X종 "2012년 홍X종에

우리가 액션을
취할 경우,
BH에서 반대가
심하진 않을까?

지금 그쪽도
다른 똥 치우느라 정신없을
겁니다. 원장의 비리 혐의가
확실히 밝혀지면 그쪽도
바보가 아닌 이상
적정 거리를 두겠죠.

좋아. 이번 기회에 확실히 고름을 짜내는 것도 좋겠지.

기왕 하는 거 적절한 시기를 노려 철저하게 흠집을 내게. 나가떨어질 때까지 절대 멈추지 마.

걱정 마십시오. 제가 이쪽 전문 아닙니까.

20억…?

예… 10억… 원씩
두 차례…에 걸쳐
차에 실어 전달했다고
들었습니다…

죽은 임학수가…
김세훈 국정원장의
자택까지…

직접 차를
몰고 갔다고…
하더군요.

흐음, 차떼기라…
그래서 국정원장이
날 면직시키고 체포하라고
명령을 내린 거로군.

대동그룹
용지운 회장과
김세훈 국정원장.
죽여야 할 놈이 두 놈
더 늘었어.

달그락

자, 좀 쉬었으니
계속해볼까?

이게 다
대동그룹 용 회장이
시킨 일입니다!
전 아무런 죄도 없어요!
제, 제발
살려주십쇼!

살고 싶나?
정말 원한다면
살려줄 수 있어.

하지만 그 대가로
지옥을 보아야 할 거다.
니 마누라와 부모를 납치해 와서
네놈 앞에서 하나씩 배를 가르고
목을 잘라주마.

그 꼴을
보고 싶나?

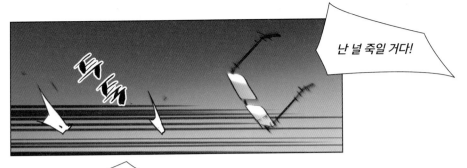

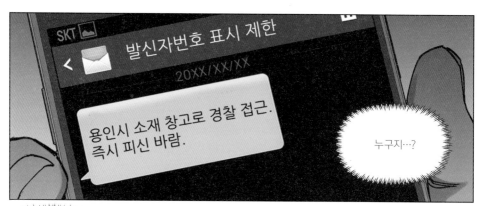

발신자번호 표시 제한

20XX/XX/XX

용인시 소재 창고로 경찰 접근.
즉시 피신 바람.

누구지…?

이 번호를
아는 이는 극소수에
불과할 텐데…

3권에서 계속

청소부 K 2

초판 1쇄 인쇄 2018년 11월 28일
초판 1쇄 발행 2018년 12월 10일

지은이 신진우 홍순식   **펴낸곳** (주)해피북스투유
펴낸이 김문식 최민석   **출판등록** 2016년 12월 12일 제2016-000343호
편집 강전훈 이수민 김현진   **주소** 서울시 마포구 독막로 178-1, 5층 (구수동)
디자인 손현주   **전화** 02)336-1203
편집디자인 홍순식 박은정   **팩스** 02)336-1209

© 신진우·홍순식, 2018

ISBN 979-11-88200-44-3 (04810)
        979-11-88200-42-9 (세트)